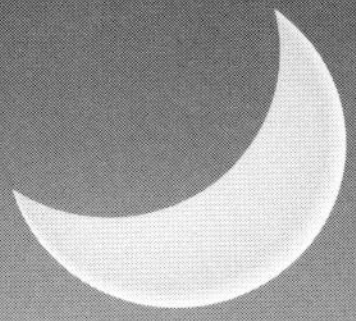

子どもと読みたい

子どもたちの詩

溝部清彦 編著

高文研

はじめに

子どもたちは、小さな詩人です。

子どもたちの詩を読んでいると、ふっとやさしい気持ちになります。詩は、ほんのりと思っていること、感じていることを伝えてくれます。表現することで見えてくる真実、言葉にかくされた思い、詩には、不思議な魅力がありました。

子どもたちに詩を書かせてみませんか。

子どもたちは、はじめから自分を語るわけではありません。新しい出会い、緊張する春。子どもにどう誘いかけ、安心して表現できる世界をつくるのか。できあがった詩を、子どもたちと、どんなふうに読み開くのか、わかりやすく説明を加えました。

詩は、子どもたちの夢です。小さな願いです。愉快な詩は、もっともっとありました。テーマに沿ってまとめる関係で、すべての詩を載せることができず、残念です。

これまで出会った子どもが書いたほんの一部です。ここに集めた子どもの詩、それはこれまで出会った子どもが書いたほんの一部です。

けれども、あなたたちの暖かいまなざしが、この本にまとめた詩を生んでくれたのです。本当に感謝しています。そして、詩を載せることを喜んでくださった子どものみなさん、保護者の方々、ありがとうございました。

私はいつも想像します。
窓に映るあなたの横顔
なにを見つめているの？
そろそろ本当の表情を見せてくれてもいいんじゃない？
私はそっと隣にすわる。
二人の間をただゆらゆらと時間が流れる。
子どもが、思わずポツリとつぶやく。
つぶやきは、
雪のように降り積もり
詩集になった。

これからはじまる子どもの詩
あなたの心があたたまりますように。
あなたが、子どもと一緒に読んでくださいますように。

❖──もくじ

七月　子どもとの信頼の糸をつむぐ

夏休み　小さな冒険の旅に出よう

九月　運動会の感動を表現しよう

十二月　友だちとつながる時

一月　あなたも詩人、詩人になりきって書いてみよう

二月　自分を見つめ、淋しさをぬくもりに

三月　小さな詩集をつくろう

本文イラスト――――佐藤　寿美
装丁・商業デザインセンター――増田　絵里

春

出会いをテーマに詩を書こう

子どもたちと出会う季節、春。

子どもたちを詩の世界へと誘います。はじまりは、国語の教科書に載っている詩を読みます。そして「リズムを生かして詩を書いてみよう」と、誘いかけます。

さくら

五年　税所　玲奈

花びらがちる
一つの出会いがあるたびに
花びらがちる
花びらがちる
なやみが一つへるたびに
花びらがちる

花びらがちる
うれしいことがあるたびに
花びらがちる

花びらがちる
花びらが一枚ちるたびに
私の誕生日が近づいてくる

◆ひとつできるたびに「すごーい」とほめ、読み上げます。すると、子どもたちがこれでいいのかな、そんな顔をして詩を持ってきます。次々とでき上がった詩を読み、ほめます。そこへこんな詩を持って子どもがやってきました。

小説

五年　神田　凌

春との出会い
書いていると浮かんでくる

自然や愛や友情が

春との出会い
書きながら　空を見る
ああ、きれいだ
吹いてくる風がささやく

春との出会い
窓から気持ちいい風が入る
入れば　入るほど
本のページが　めくれていく

春との出会い
今日も　ぼくは書き続ける
りっぱな　りっぱな
小説を

◆驚きました。ノートをさっと見せた彼。心のどこかに、将来の夢を芽吹かせているようです。みんなの前で詩を読むと、「ようーし、おれも」子どもたちが沸き立ちます。

ぼくの未来

六年　川原　蓮

あさ六時から
夜九時まで

いいえ
学校にいる時さえ

みんなと感じている
みんなと考えている
みんなと願っている
みんなと夢みている

あなたも
わたしも
みんな

みんなといっしょに学んでいる
今日から明日へ
明日から未来へ

◆どうです！　リズミカルな詩でしょう。六年の教科書（教育出版）のとびらに載っている詩の替え詩です。詩は、言葉遊びです。はじめは、こういうことを繰り返します。

ドキドキした心

五年　木津　大和

学校が始まった
ドキドキしながら
学校へ行った

さくらの花が
コスモスの花が
きれいに咲いていた

ドキドキしながら
新しい教室に入り
みんなと出会った
そこにはにぎやかそうな
みんながいた

◆「新学期のことを書いてね」と呼びかけました。出会いから一週間、子どもたちはどんなことを感じていたのか知りたかったのです。

ねえ知ってた？

六年　**鶴田　紗也**

ねえ知ってた？
実はね
私が二年生まで住んでいた明野のマンション
小林くんが四年生まで住んでいた明野のマンション
二人とも

同じマンションに
住んでいたんだ
むかしから友だちだったたってこと

ねえ知ってた?
実はね
私が家の中で
遊んでいた時
小林くんはいつも
外で遊んでいたよ
二人とも元気だけど
私と小林くんとでは
小林くんの方が元気ってこと

私と小林くん
小さい頃から友だち
学校一古い友だち

◆紗也さんは、かわいらしい女の子です。小林くんは紗也さんの詩を聞きながら、うつ

むきました。それを見つめていたまわりの子どもたちが、隣の人のことを書いてみようかな、そんな顔をしました。

となりの緒方くん

六年　浅井　理沙子

ぶつぶつぶつ
ぶつぶつぶつ
いつも言っている

ぶつぶつぶつ
ぶつぶつぶつ
顔がまっ黒

ぶつぶつぶつ
ぶつぶつぶつ
いつも迷っている

ぶつぶつぶつ
ぶつぶつぶつ
意外にやさしい
緒方くん

◆女子から、やさしい緒方くん！なんて言われて、緒方くんの顔がみるみる赤くなりました。人から見られている、人を見つめよう。教室の空気が動き出しました。

五月　家庭訪問のできごとをありのままに書こう

さて家庭訪問の季節。家庭訪問の新鮮なできごとを詩に書こうと呼びかけます。公民館で待ち合わせた時のことです。私は、遅れて公民館へ。彼はいません。しょうがない、自分で行くか。その時ばったり出会いました。次の日、「公民館のことを詩に書いて」と、彼に言いました。

自転車

五年　荒金　来樹

先生をさがして　旅にでた
角をまがり　小道
カーブミラーを見た
まだ　来ていない
また飛ばした
なんど危ない目にあったことか

ここは用心
すると　むこうから
スーツ姿のかっこいい男の人
「ここだぞー」
心の中で叫んだ

◆待たせてごめんね。ぼくを「かっこいい男の人」なんて、うれしいよ。ぼくを探して探して、見つけてくれたんだね。ありがとう！

先生の服

四年　手嶋　拓也

ぼくは体操服をわすれた
だから　いもうとに
借りにいくつもりだった
でも妹のクラスは
まだ勉強をしていた
だから借りれなかった

とちゅうで先生にあった
先生は　ぼくに
体操服をかしてくれた
でも、先生の服は
ちょっとおおきかった
そのあと
ぼくは先生の服を持ってかえって
ソフランで洗って
いい香りにして返した

◆彼にぼくのシャツを貸したのには、ひそかなねらいがありました。きみは大切な子どもだよ、と伝えること。詩はいいですね。暖かさをほんのりと包んで届けてくれます。そして、ぼくはこの詩を通信に載せて、「こんどの先生、やさしいぞ」、ちゃっかりコマーシャルをします。さらに家庭訪問特集は続きます。

おじいちゃんの畑

五年　衛藤　美海

おじいちゃんの畑
たくさんのダイコン
いつも　日に照らされ　雨にぬれ
風に吹かれても　くじけない
おいしく　おいしく育つんだ

ダイコンのサラダ
ダイコンのつけもの
ダイコンのおなべ
できあがり
やっぱりダイコン　おいしいね

だけど
おじいちゃんは　知ってるかな

わたしが　ダイコン以上に
おじいちゃんのことを
好きなことを

◆家庭訪問特集の続きです。彼女の家の隣には、おじいちゃんが作るダイコン畑が広がっています。私は言いました。「ダイコンをテーマに詩に書こうよ」って。終りの五行は、おじいちゃんにあなたの気持ちを伝えてって、言いました。

お父さんの手づくり

五年　高倉　綾乃

かていほうもんの時
先生が来て
お父さんがつくった家具を
「おおー、おおー」
と、叫んで目を丸くして
あたりの家具を
ギョロギョロ

見わたした
家具もわたしも
はずかしかった

◆玄関のくつ箱が手づくり。部屋に入ると、テレビのボードや電話台、食器棚、タンスまで手づくりです。なんてすごいお父さんなんだ！　だから、「あなたはこれを書こうね」、指定しました。

先生としたバレーボール

六年　岡元　千陽

トトロカードが10枚たまった
「先生、帰りに遊ぼう」
なんとなくためしに　いってみた
ためしだよ
そしたら　先生は「いいよ」っていった
「ほんとうかな」
ちあきと顔を見合わせた

約束の4時半　先生は遅れてやってきた
バレーボールをした
私とちあき対先生
先生ボロ負け　かわいそう
でも　私が勝ててうれしいよ
先生　こんども負けないよ

◆クラスの子に、いいことをしたらトトロカードをあげています。カードを10枚集めると望みをかなえます。10枚集めた子どもの望み、それは「バレーボールをしに来てほしい」でした。この詩を朝の会で読むと、こんどは男の子が、ぼくを誘いました。

キャッチボール

六年　福井　隆馬

あの日　先生は家庭訪問にきた
先生は、学校でも来ると言っていた
でも、ぼくは信じないで
母に言わなかった
でも、先生は本当にやってきた
ギエー
母さんはいない
とりあえずキャッチボールをした
いちおう楽しそうにしたけど
本当は早くやめたかった

◆早くやめたかった、なんてあんまりだ……。この詩を読むと子どもたちは笑います。クラスの子どもたちが詩を読んで笑う、こういう笑いにつつまれて一日を過ごしたいなあ。

六月

あなたの生活を教えてくれませんか

六月は、一学期で最もむつかしい月です。気候は蒸し暑く、先生やクラスにもある程度なれ、トラブルもおこります。そこでイベントを取り入れ、心の動きを書いてもらいます。すると、おたがいを理解しようという空気が生まれます。「リレー大会をテーマに詩を書こう」と呼びかけました。

ぼくは　みんなの役に立った

五年　豊富　大地

今日はリレー大会
一時になった
ぼくは外に出た
ラインカーが出ていた
ラッキー
ラインカーを持ち

線を引き続けた
コーンを置いた
もうすぐリレー大会
先生が来た
ほめられた
うれしかった
ぼくは　みんなの役に立った

◆ありがとう。きみの準備のおかげで本当に助かったよ。私は教えられました。子どもというのは、ちょっとしたほめ言葉を待っているのですね。

逆転勝ち

五年　白澤　瑠華

来ないでほしかった
リレー大会が　とうとう来た
こんなに心臓が
ドキドキしたのは　久しぶりだ

どんどん　一回目のチームが
バトンタッチをするにつれ
わたしの番が　近づいてくる

とうとう　わたしの番がきた
たいせん相手は　速い
よーい　スタート！
わたしは　懸命に走った
でも、二人にはかなわなかった
でも　わたしのチームは逆転した
わたしの心も　逆転した

◆わたしの心も逆転した、うれしい言葉です。彼女が「リレー大会なんていやだ」と、つぶやいた昼休み。わたしは、班の子どもを集めて、自分の苦手なことを言い合いました。誰でも苦手なことの一つや二つ、あるんだよ。だから白澤さん、人を頼ってくださ い。

感想発表

五年　足立　七緒

みんな一生懸命走った
終わって司会が前に出た
わたしは感想発表をいう
わたしの番が来た！
セリフが吹っ飛んだ
「先生、紙をみていい？」
先生はうなずいた
紙をひらいた
でも　字が読めない
きんちょうで手がふるえた
なにを言おうか
そのとき
先生が背中をおさえた
まほうの手だ

その瞬間　ドキドキがとけた

◆このときは、ちょっと困りました。だってリレー大会、グラウンドには多くの保護者の方が応援に来ていました。そのみんなの前で感想発表。足立さんの手は、ブルブルと震えています。うしろからそっと手をかけました。ぼくのその手も震えています。

五ひきのめだか

五年　秦　孝秀

メダカ
夜　メダカがタマゴから生まれた
お母さんに
「うまれちょん！」
と、叫んだ。
「ちょっと待ちよ！」
走ってきた
「うわー生まれちょん。五匹やー」
母さんが数えた

「本当、五ひきや！」
ぼくが数えた
姉ちゃんが「ほんとかえ」
水をさした
「ほんとうや。大切に育てるんや」
これから
かわいい　小さい
メダカの人生がはじまる

◆理科の学習で近くに住む「めだか博士」をゲストにお招きした時のことです。博士から一人ひとりにめだかのタマゴをいただきました。秦くんの家族の光景が目に浮かびます。メダカが生まれた喜びをよくぞここまで大分弁で表現しました。

めだかとぼく

五年　江藤　以織

めだか
小さくて黒色

ぼく
大きくて黄色いシャツ着てる
めだか
たまごから生まれた
ぼく
母さんから生まれた
めだか
つまようじの先　ひとさじエサ食べる
ぼく
今朝ごはん一合としょうが焼き食べた
めだか
寝る時　水の中泳いでる
ぼく
寝る時はふとんの中　泳いでる
めだか
まだ友だちいない
ぼく
そこそこ友だちできた
めだかとぼく

みんなちがって　みんないい

◇彼は、友だちよりも本のほうが好きです。こういう子どもがいませんか。わたしは、ひとりぼっちじゃないのかな、気になります。それで終り際「きみ、友だちは？」と聞きました。詩を書きながら内面を聞き込み、重ねていくのです。それにしても、きみは知っていたんだね！「みんなちがってみんないい」っていう言葉を。

友だち

五年　穴見　光

友だちって楽しいな
みんなで遊んでみんなで笑う
そんな友だち大好きだ

友だちって悲しいな
いじめられて
泣いたりするけど
やっぱり友だち大好きだ

友だちに会いに自転車を飛ばす
だけどこれ以上行ったら
お母さんにしかられる

だけどちょっと行ってみよう
お母さんには内緒だよ

◆お母さんには内緒だよってところに、ああ……これから子どもは親の手を離れていくんだな、冒険の世界が待っているんだなって感じませんか。保護者会で読んでみたい詩です。

先生と友だちが来た

四年　有田　隆史

ぼくの友だちが六人来ました
みんな自転車で
走りまわりました

家に帰っても
先生はまだ来ていなかったので
びわを食べました
びわの皮は
にわとりにあげました
にわとりは
よろこんで食べていました
ぼくもよろこんで食べました

そして
にわとりと一緒におどりました
にわとりは
かぞえられないくらい
いっぱいいます
ぼくの友だちは六人だ

◆「遊びに来ませんか！」、有田くんのお父さんから何度か誘いを受け、私は子どもたちを連れて出かけました。住宅街のはずれ、その一角だけこんもりした林です。友だちが遊びに来る、それは彼にとって歴史的なことでした。この詩を通信に載せます。そして「返事を書こう」と呼びかけました。

有田さんの家

四年　二宮　蓮

有田さんの家に行った
有田さんの家は
とても広い
ぼくはびっくりした
それに有田さんの家には
にわとりがいた
ふつうのにわとり
うこっけい
ちゃぼ
それに
キジ

ぼくは　にわとりが大好きだ
だって
ぼくんちは　焼き鳥屋だ

◆そうです。彼の家は焼き鳥屋さんです。この頃になると、子どもの家のことを把握しています。にわとりが大好きだ、と二宮くんが書いた時「そのわけを付け加えてよ」と、私は笑いかけたのです。

雨の日

五年　江藤　晃平

きのう
かあさんと帰った
しあわせだった

ぼくは
うさぎ小屋に　いそいでいった

かあさんは　車で待っていた
帰りに薬を買ってもらった
おかしも買ってもらった
しあわせだった

ぼくは　かあさんといるときが
一番しあわせだ
今日もまた　雨が降るといいな

◆あれは突然雨が降った時でした。迎えに行くから子どもに伝えて！と母さんから強引に頼まれたのです。それを聞いた晃平くん、とっても喜びました。次の日「きのうは幸せだったんだろう」、原稿用紙を渡します。いたずら者だと思われていた晃平くん、この詩をさかいに、彼への見方はガラッと変わりました。

七月

子どもとの信頼の糸をつむぐ

六月から七月にかけて、思いがけないことが起こります。一学期の山場です。山ちゃんは校区外から歩いて通学しています。家に電話もありません。無事に過ごしているか心配です。それでテレホンカードを買って渡し、家に着いたら電話してねと約束しました。

テレホンカード

四年　山口　翔太

ぼくは毎日帰ると　先生に電話する
先生が電話に出ると
ぼくは
「先生、着きました」
と、言う
先生と話していると

なんだかうれしくなる
なんでだろう

だけど
テレホンカードがきえた
どこだろう
ニャーオ
ミーが笑う
「うるさい、集中できん」
ミーをふとんの上に投げた
ミーは悲しそうにないた

泣きたいのは　ぼくのほうだ

◆そうなんです。テレフォンカードをわたして二週間たったあたりから、ぱったりと電話がかかってこないのです。待ってるのに……。怒らないから理由を教えて！　やっと彼が答えてくれました。「ネコがくわえていった」と。

ミー

四年　山口　翔太

ミー
それはぼくが飼っているネコ
いたずら好きできょうぼうな
元気すぎて困るくらいな
ぼくの家族だ
ぼくが帰ってくると
ミーは泣いていて
ドアを開けるとビックリ仰天
ミーが部屋を
めちゃくちゃにしていた
ミーをふとんにほうり投げ
宿題どころじゃない
部屋をもうスピードで
片付けた

◇その山ちゃん、ネコが家族っていうんです。気になりませんか？　子どもたちの詩は、生活の一断面です。詩を手がかりに、ぼくは子どもたちの生活を想像します。

自転車

四年　小田原　夏輝

ぼくは　先生の自転車の後ろを走った
「ちょっと待っとけ」
先生は言った
「ええ！……」
ぼくは答えた
また、走った
汗がダラダラでた

ぼくは　のどがかわいて
死にそうだった
くらくらした

暑かった
友だちの家で　氷水をもらった
ぼくは　よみがえった

先生、あしたも送ってくれよ
これなら一年間
やっていけそうだ

◆さようならのあとで、靴箱からナックンが戻ってきました。そして「ぼく、たたかれた」と、何度も訴えるのです。それで相手を追いかけることにしました。ぼくは自転車、ナックンは走りです。

次の日、彼のそばを歩くと、手をにぎってきました。そして「今日も送ってくれる？」ねだるのです。ぼくは、「ナックンのうちへ遊びに行って！」クラスの子に頼みました。

友だち

四年　小田原　夏輝

ともだちがきた
大くんとこうくんと佐々木さんがきた
ゲームをした
いっぱいいした
ぼくは勝った
ぼくは負けた

だけど
やっぱりおもしろい
いつもひとりだけど
今日は　たくさん人が来た
いい気持ち

ともだちが　一人帰った

ともだちが　二人帰った
そして　ぼくは　ひまになった

◆手のかかる子どもに優しくしていると、「先生、ガツーンと言ってやれよ」、コウちゃんが言ってきました。しかし、そばで聞いていたカッくんが、「それでうまくいくかなあ」と、言い出しました。私たちは、お互い信じる道を進むことにしました。すると、このやり取りを見ていた子がいたのです。

四年二組の家族

四年　十時　睦

四年二組には　ある家族がいる
お母さんは　加藤さん
お父さんは　亘祐《こうすけ》さん
むすこは　ナックンだ
お母さんはやさしく注意する
「ナックン　ちゃんと前むいて」

「ちゃんと上くつはいて座ろう」
お父さんは　ま逆だ
「おまえ、ちゃんとせんか！」
「うるせぇー　少しは静かにしろ」

息子はお母さんの言うことを聞き
お父さんには　反抗する
わたしは三人の姿を　笑ってみている

◆私の立てた作戦は「学級に家族をつくる」でした。ムッちゃんはそれを見抜いたんだね。たいしたもんです。

ゴマジイ

四年　二宮　勇介

ひなん訓練の時
ゴマジイと一緒ににげた
かみなりが鳴った時

ゴマジイと一緒に勉強した
先週のホームステイの時
ゴマジイを借りた
ホームステイの夜
ゴマジイと一緒におフロに入った
一学期
ゴマジイと一緒にいた思い出は
ぜったいにわすれない
二学期も
ゴマジイとの楽しい思い出をつくりたいな
ゴマジイのなかま
うさちゃん
カバちゃん
ロボちゃんも大人気だ

◆二宮くんは、かみなりがきらいです。避難訓練のサイレンも苦手で、大きな音が鳴ると驚いてパニックを起こします。たまたま私は、そばにあったゴマちゃんのぬいぐるみ（ゴマジイ）を貸しました。すると、抱きかかえて過ごしはじめたのです。

質問王

四年　高野　景伍

？（はてな）
ぼくの四年の一学期
「せんせい」しつもんばかりだ
「もうすこし　質問へらせないのか？」
いつも先生はそう言っている
ぼくは
四年二組　一番の
「質問王」になっている
「しつもんへらせないのか」
「しつもんへらせないのか」
「？」

◆高野くんは、質問王です。「一学期のがんばりを詩に書こう」と呼びかけた時、彼は何を書こうか、と相談に来ました。わたしは、素直にきみのがんばりを書いたらいいよ、と励ましました。

しつもん王

四年　後藤　康太

高野くんは
四の二のしつもん王
高野くんは
毎回のようにしつもんする
なので先生は
「質問する前にちょっと考えよう」
のフダを出す
でも　高野くんは
質問しつづける
ぼくは
そんな高野くんの根性は
りっぱだと思う

◆まちがいなく高野くんは、成長しています。でもその成長を確かなものにするのは、やはりまわりの声です。友だちから認められることは、うれしいものです。認められてこそ、がんばりは続くのです。

お別れ会

四年　荘田　あずさ

いつもクラスで笑っていた
なぜ？
やぶちゃんがいたから……

「オレ、転校するんで」
わたしはガーン
みんなもガーン

やぶちゃんのお別れ会
楽しみのような
悲しいような
変な気分

みんな泣いた
うまかった利奈の作文
「行かないで、やぶちゃん！」
それが　わたしの気持ち
帰って　涙ポロポロ
学校で　ポロポロ

◆子どもが書いた詩を保護者会で読みます。おうちの方たちは、時には笑い、時には涙をそっとぬぐいます。この時も、涙を流す子どもの様子を想像し、こんな子どもに育ってよかった、微笑んでいました。

スイカ

五年　佐藤　政俊

ぼくは友だちができてうれしい
うれしくて
夜も　眠れなかった

あしたは　なにをしようかな
考えていると　一時になった
やっとねむれた
三時くらいにまた起きた
朝がくるのを
じっとふとんの中で待った
けさもスイカを食べた
コダックにも食べさせたいな
友だちになれて　とってもうれしい
とくべつに
めだかの取り方をおしえるよ
みんなには　ひみつだよ

◆佐藤くんの家は、こだわって自給自足をしています。でも、暮らしているところが学校から遠く、友だちが遊びに来ません。そこで、私は何人か連れて遊びに行きました。井戸から冷やしたスイカが七つも八つも出てきたんですよ。

うれしいよ

五年　児玉　拓也

ぼくもうれしかったよ
まさちゃんは　そんなに
思っていてくれたんだ
あの詩を読んで　少し泣けたよ
じつはぼくも
友だちがほしかったところなんだ
やっとといったら　おかしいかな
ぼくも　うれしいよ
こんどは
もう少しきれいな字を書こうね
ぼくが　それをおしえてあげるね

◆コダック（児玉）から返事を書いてもらいました。コダックも、そんなことを思っていたんだね。ありがとう、書かせてみなければ、わからなかった真実です。

夏休み

小さな冒険の旅に出よう

夏休みがあけると、子どもたちは日焼けとともに成長してやってきます。「夏休みのあなただけのできごとを書いてみよう」と呼びかけます。そして、できた人から順に読んでいきました。

野菜の中の虫

四年　古野　雅広

店に白菜を買いに行った
そのとき　かあさんが
「うぎゃー」
叫んだ
ぼくはかけつけた
虫だった

ぼくは
「しずかにしてー」
おこった
そしたら　かあさんが
「ごめん」
といった
許してあげた

あその星

四年　後藤　優太

あその星を見に行った
星は
あたりまえのようにきれいだった
でも
有田くんは
星をじまんした

車に乗っても
まだ見えた星
有田くんは
車から顔を出した
あぶないと思った

でも
ぼくも　まねてみた
有田くんは
からだも乗り出した
ぼくも　またまねてみた
風が　気持ちよかった

そのあと
ぼくは　ねむった
起きたときは大分だ
もう星は見えなかった
だから　家までねなおした

◆友だち同士の小さな旅行。大分と阿蘇の往復の旅。「星が見たいな」、有田くんの言葉に後藤くんは魅せられた。二人を乗せて、有田くんのお父さんが運転する軽トラックが走る。こういう旅を繰り返して、子どもは大きくなるんですね。

歩き読み

四年　下田　夏夫

ぼくは毎日
図書室の本を
読みながら帰る

それを　かやしまくんに注意される
それでも　ぼくはやめない
そして　先生に注意される
それでもやめない

でも　いくら歩き読みになれていても
十日に三回はころぶ

ひと月に二回はぶつかる
本を　読んでいるから
何にぶつかったか
わからない

◆下田くんは、大の本好き。いつも図書室に通っているのに、それでもたりなくて、歩きながら本を読んでいる少年です。下ちゃん、車にだけは気をつけてね。

六時半

四年　古賀　克希

おかあさんは　いつも
六時半すぎに　かえってくる

それに　つれられて
おとうとも
いもうとも
かえってくる

そして
いちにちが　おわる

◆こういうひとりでいる時間。古賀くんは孤独に耐えてるんだなって思うとジーンとくる。背景を知ると、子どもがいじらしく思えませんか。

友だち

五年　江藤　淳

ぼくは　夏休み
ジャングルジムの周りをウロウロしていた
そしたら
頭の上に何か落ちてきた
なんと　人だ
なんだこいつ！
指でツンツンしたら
うごいた

落ちてきたやつが
「だれだ、おまえ」
といった
ぼくは　ムッとした
たたこうとしたけどやめた
それから
ぼくたちは　友だちになった

◆子どもの世界ってこんなもんだと、教えてくれた気がします。カッとなるけど、すぐ仲直り。ぼくたち大人も見習わなくっちゃね。

ハムスター

四年　池田　咲良

朝おきると
お母さんが泣いていた
わけをきくと
ハムスターのジャックとレオンが死んだ

お母さんにわたされて
ハムスターを見た
冷たくなって死んでいた
わたしは泣いた

妹もおきてきた
ハムスターを見て妹も泣いた
ハムスターを庭にうめた
おはかをつくった
そして
手をあわせた
今でも押入れに
ハムスターのかごは眠っている

◆かわいがっていたハムスターの死。命とこういう形で向き合うなんて、きっとやさしさに包まれた家族なんだろうな。ハムスターのかごが、いまも揺れているように思えるよ。

ふてんま基地

六年　徳衛　慧也

沖縄県にある
飛行機が飛ぶ
県民が怖がる
「基地を移動しよう」
総理が提案した

アメリカのオバマ大統領と
会談した
十分程度だった
「それで会談したって
いえるのか」
県民の声が飛ぶ
総理が追い詰められるたび
政けん交代

エンドレス
ぼくは
そんなニュースを見ながら
アイム　ソーリー
と、つぶやいた

◆子どもの目から見た大人が表現されています。ニュースからテーマを選んで書こうと条件をつけました。彼らなりに世界のことを考えているんですね。世界を論じる社会派の視点、少しずつ育てたいですね。

九月

運動会の感動を表現しよう

さあ、二学期がはじまりました。二学期と言えば、運動会やスポーツ大会が続きます。行事のあとに詩を書かせる、子どもたちは私のパターンをもう知っています。

応援団

六年　井上　昌太

ぼくは応援団の副団長
長いハチマキをつけて
たすきをつけて
銀の笛　黒い紐
赤の手ぶくろ
これが　なかなか　かっこいい
ぼくが四年の時　お兄ちゃんが副団をして
あこがれていた　応援団

カセカセ　それいけ　ベスト
応援の仕方が　かっこいい
午後の応援合戦
のどが痛くて声がでない
だけど
団長といっしょにスローガンを言う
そのときだけは
のどの痛みを忘れた

◆長いハチマキに白い手袋、銀の笛をくわえ、井上くんは憧れの応援団として声援を送っています。二年も前から心に決めていた応援団。すべてのエネルギーを注ぐ姿に、応援席は引き込まれました。

涙

六年　後藤　龍仁

ぼくは　団長
最後の競技は騎馬戦

上に乗る
戦いのとき
頭が一瞬くらっとした
だけど　がまんした
けれど　大将戦で負けてしまった
なぜだか　涙がとまらなかった

騎馬の人から
と、言われた
「泣くな」
ぼくはもっと泣いた
なんで　涙がとまらなかったんだろう
本当に今でもわからない

◆涙がとまらない、こみ上げてくる涙をこらえてもこらえきれない。あるなあ、そういう経験がぼくにもある。タッちゃんは、おおらかな性格です。大将戦に負け、涙を流した彼。行事は子どもたちを夢中にし、一回り成長させてくれます。

フライング

六年　宮崎　健太

バーン
「フライングです。やりなおします」
だれがフライングしたんか……
ぼくは　ちょっと　ムカッときた
みんなが　ぼくを見る
えっ、オレか？
そんなあ……
「バン！」
走った
こんどは途中で止められた
「フライング!!」
こんどは　きっとぼくだ
からだが揺れた
三回目

「バン」
成功した
だけど、ぼくは疲れはてた

◆疲れたのは、きみだけかな。光景が目に浮かびます。そう、彼でした。窓の外を眺めながら「先生、今日は車で来ていますか」と、ささやいたのは。トトロカードが、たまったそうです。「送ってくれませんか」、ちゃっかり言いました。ぼくは、こんな子が大好きです。

日本一の学校に

六年　薬師寺　大瑚

くす玉をわることになった
閉会式でわることになった
リハーサルの時
一度だけわった
片付けが大変だった
わらない方がいいんじゃないかと思った

そして当日
とうとうわる時が来た
「感想を言った二人にわってもらいましょう」
どうぞ!!
出てきたのは
「日本一の学校に」の幕だった
作るのに一時間
わるのは五秒
ぼくは　やっぱりムダだと静かにつぶやいた

◆困るなあ、子どもたちは。大人が夢中になってつくっているのを、意外とさめた目で見ているのだから。あれは、評判よかったんだよ、大人にね。

弁当の時間にしかられた

六年　曽我　一生

弁当の時間
三歳の弟が起きた

ギャア、ギャア、ギャア
うるさいから　黙れと言ったら
母さんに　おこられた

だけど　ぼくも言い返したら
家族みんなに　おこられた

◆彼はクラスの人気者です。親子で会話している声が聞こえるようです。こういう、にぎやかな弁当の時間が過ごせてうらやましいよ。幸せの味は、幸せな時には、わからないものです。

スタメン

四年　**野上　幸希**

ぼくは　スタメンで
試合に出られなかった
でも
ベンチで　応援をがんばった

でも
スタメンで　出られなかった
それでも
しゅびの　こうたいをまった
「野上、レフトに入れ」
かんとくの　声をまっていた

◆スポーツの秋。なんだか緊迫感が伝わってきます。子どもたちも、ぎりぎりのところで、放課後の世界を過ごしているんですね。がんばって野上くん！

野球の涙

六年　深田　貴喜

野球のなみだ
今日は　いよいよ準決勝
ぜったい勝つぞ　と叫んだ
勝てば　県大会にいけるから

ぜったい　ぜったい　勝ちたいな
いよいよ　試合が始まった
ぼくは　打てるか心配だ
でも、みんなの応援が
キセキを生んだ
ぼくは　二塁打を打った
とっても　とっても　喜んだ
野球のなみだ

勝てる　と思っていたのに
試合は　惜しくも負けた
ぼくは　みんなと泣いた
野球のなみだは　燃える　なみだだ
野球のなみだ

◆勝った涙もいいけれど、やっぱり負けた涙のほうが何倍もいい。僕もいろんな涙を流したなあ。仲間と流した涙、それは少年の日の思い出だね。

テニスの女王

五年　佐藤　未侑

バシッ　ボールを打つ
バシッ　相手が返す
バシッ　また打ち返す
パシッ　チャンスボールが来た
バシッ　ラインぎりぎりに決まる
パチパチ　パチパチ
たまに拍手が起こる
知らんぷりして
またサーブを始める
だけど本当は
やったー　私はテニスの女王だ！
なんて思ってるの
知らなかったでしょ

◆佐藤さんは、無口ながんばり屋です。彼女が心の中で、こんなことを思っていたなんて、驚きました。いつか、ぼくの声援に手を振ってこたえてね。詩は、心のつぶやきを伝えてくれます。

ドッジボール大会

五年　仲道　愛菜

ドッジボール大会があった
私のチームは勝って準決勝まできた
準決勝の相手は強い
からだの大きい子がボールを投げた
ボーン
私の顔の真ん中に当たった
「だいじょうぶですか」
審判のおじさんが聞きにきた
「だいじょうぶです」
泣かなかった

試合は再びはじまった
またボールがきた
バシッ　とった
投げた
外野へ行った
ピー
試合が終わった
じわっと涙がこぼれてきた

◆じわっとこぼれた涙がいい、光っています。こんな子がクラスにいてくれたら、すぐに頼ってしまいそうです。それだけに、彼女の負担になるかも。ああ、どうしよう……やっぱり、そっとしておこうかな。

十月　学んだこと、発見を詩に

これまで生活を描くことに力を入れてきました。それはお互いの理解、コミュニケーションをすすめるためです。でも、ここらで「考えたことや学習したことを表現しよう」と視点を広げます。

ごみが　もしもしゃべれたら

五年　税所　怜奈

ごみが　もしもしゃべれたら
私はごみ
みんなから　汚いって思われている
でも　汚いのは私じゃなくて
使えるものでも　ごみにしちゃう　人間のせいだ
人間ってば
「新しいほうがやる気がでる」

とか言って
すぐに私を捨てる
もったいない　なんて心が
これぽっちもなさそう
人間が少しでも
「もったいない」なんていう心を
持ってくれれば
私も汚いと思われないのにな

なんて言うかもね

◆環境学習をした時です。ごみの立場、モノの側から詩を書いてみようと呼びかけました。視点を与えると、今までとは違う詩が返ってきました。税所さんは、ちょっとお姉さんだね。そのうち大人を批判してきそうで、ドキッとするよ。

わりばし

五年　薬師寺　大瑚

ぼくは　わりばし
一回使われると
その人生は終わる

ふくろから出される
ああっ、はだかだ
パチーンと、われる
「いたいよう」
パクパク
ガツガツ
モリモリ
一回しか使ってもらえない
使いおわると
あっさりゴミ箱へ行っちゃう

あんまりだ!!
ぼくの人生は二〇分
もっと長い人生が
ぼくはほしい

◆税所さんの詩を読んで、燃えたのは薬師寺くんです。わりばしになりきって、上手に表現しています。早くできた子どもの詩を、みんなに聞こえるように読みました。子どもたちは、ああ書けばいいのか、と安心し挑みます。

サンパツや

五年　荒金　来樹

母さんとばあちゃんが
チョキ　チョキ
さんぱつしている
母さんとばあちゃんが
ウイーン　ウイーン

バリカンをにぎる
母ちゃんとばあちゃんが
ジャリ　ジャリ
ひげそりしている

ばあちゃんは
お客さんとしゃべる
母さんは　絶対にしゃべらない

ぼくは　はさみの音が大好きだ

◆総合学習で、いろいろな職業の方を招いた時のことです。荒金くんのお母さんは、散髪屋さんです。ゲストティーチャーとしてお招きし、お話をしていただきました。彼は月曜日、ときどき遅刻したそうです。なぜ？　それは散髪屋さんが休みだから。この意味、わかりますか。

かがやくところ

六年　猪野　竜司

修学旅行
とってもたのしい
とくにホテルの中
アナウンスが流れた
六年三組さん　おふろの時間です
やった！
みんな　はしゃいだ
あばれて　みんな　まるだしだ
すっぱだか
かがやくところも　見えている
これが本当の
はだかのつきあいだ

◆修学旅行がありました。みんなでお風呂に入って、盛り上がった場面です。猪野くんの言うあそこって、アソコかなあ。

小さな発表会

五年　木津　大和

発表会の練習をした
発表会といっても
たった二分くらいの小さな劇
なぜかって
歌を歌うはずだった
でも　自己紹介を入れろ
先生が言った
だから自己紹介を入れた
また注文が出た
身ぶりを入れろ
だから身ぶりも入れた
また注文が出た
肩を組もうと言った
だから肩を組んだ

注文には泣いた
だけど
劇は笑えた

◆ぼくは、グループの出し物を考えるのが得意です。子どもが考えたストーリーに、ちょっとずつアドバイスします。彼らは、次々とぼくの注文にこたえました。

朗読

五年　山本　彩花

私の声が　教室いっぱいに　ひびいている
私が朗読していると
小鳥の鳴き声　聞こえるよ
私の声が　庭いっぱいに　ひびいてる
私が朗読していると
犬が集まり　ワンワンほえる

私の声は　世界中に　ひびいてる
人が集まり　拍手かっさい
いま　私は大スター

◆クラスで朗読大会をした時のことです。はじめ山本さんの詩は一連で終わっていました。それで二番、三番をつくってと言いました。できるものですね。あの時の山本さん、確かに大スターだったよ。

入選した絵

五年　緒方　陽也

まほうの木をかいた
これが　ひょう判よかった
車をかいた　三台かいた
どれも気に入ってる
校舎をかいた
これはむつかしかった

先生が
「ななめにかけ」って
むちゃなことを言った
おかげで窓をかくとき
頭がくらくらした
その努力がむくわれた

ぼくは　コンパルホールへ見にいった
「うまいなあ～」
思わず声がでた
言ったのはぼくだ
「うまいなあ～」
こんどは母さんがうなった
やっぱりぼくらは親子だ

◆図工の時間、秋の風景をスケッチしました。その彼の絵が美術館に飾られました。さあ、想像してみよう。表彰式の日、お母さんと緒方くんの間で何が起こったか。きっとやさしい時間が流れたことでしょう。

小白《こはく》ノート

五年　仲摩　梨香

小白ノートって何?
こはくノートって読むんだよ
こしろノートって読まないでね
小白ノートには　クイズがあるんだよ
奈美ちゃんって　ボケーッとしてるんだって
マリンちゃんって宿題しないで　遊ぶんだよ
それってゆるされる?
私は　遊びに行く前に全部させられるよ
小白ノート
文字ばっかりだけど
二人の生活が見えてくる

◆こはくノート、それは二人の交換ノートです。つながりをつくるために誘いかけます。はじめは、お互いの放課後の生活を交流します。離れていても知っている二人の関係。だって、誰かとつながっていたいって思いませんか。

十一月

トラブルを詩に、そしてその詩に返事を

さて十一月。いろいろなトラブルが起こります。一年間の山場です。このトラブルをどう乗り切っていくのか。ここでも子どもに詩を書かせます。そして、その詩にエールを送ることで、子ども同士の絆を深めます。

病　気

四年　小田原　夏輝

ぼくはかぜだ
ほけんしつで　寝ていた
でも、ぼくは気にかかる
みんな
ぼくのことを　心配しているか
気にかかる
でも

本当に気にかかるのは
早くなおるかだ

◆落ち着かず、人にちょっかいを出すナックンが熱を出し保健室で休みました。みんなが心配しているのか、気にかかるナックン。そこで、心配していたんだよ、というみんなの気持ちを詩にして、ナックンに送りました。

ナックンの声

五年　加藤　大

ぼくは流星くんとナックンと遊んだ
ナックンは
少し声がかれていた
流星が
その声　かわいいな
と、いうとナックンは
少しすねたような顔をした
ぼくは
こっそりわらった

◆ナックンは、うれしいことがあると、掃除道具入れにかくれます。この時もかくれました。照れてなかなか出てこないのです。そんなナックンを西田さんは見ていました。

となりのナックン

四年　西田　結依

となりのナックンは
いつも先生に
友だちみたいに甘えている
そんなナックンは
たまにいいことをいう
それでナックンは
みんなにほめられると
とだなの中にかくれた
照れて
いつもとちがう
ナックンだ

◇ある日、ナックンがやって来て「オレの詩集をつくってくれ」と、ねだりました。わたしは、彼に小さなノートをわたしました。すると――

せんせい

四年　小田原　夏輝

せんせいは
ぼくという
でも
おこったときだけ
おれという
なんでかというと
かっこうがつかないからだ
そんなの　へんだな
と、おもった

◇ドッキン！　ナックンはそんなことまで観察してたのか！　ぼくが怒っている時に、おかしなことを思っていたんだな。負けたよ、もう～！
次もナックンの詩集ノートから。

おれ

四年　小田原　夏輝

おれの
がんばったことは
　こうさくや
　　いろいろな
　　　じゅぎょうに
　　　　ちょっとだけ
　　　　　がんばろうと
おもったことだ
でも
　そうおもっても
　　がんばらないときがある
　　　そこがいや……
　　　　そういうじぶんに
とても

はらがたつ
　むかつく
「あー、もうちゃんとしろよ、おれ」
と、さけびたい

◆どたばたクラスで暴れていたナックンが、心の中でこんなことを叫んでいたとは！しかもどこでおぼえたんだろう。詩の3行目は1字サゲ、4行目は2字サゲ……こんな詩の表現の仕方を。ナックンの詩集をのぞいた人に返事を頼みました。

ナックン

四年　梶原　千加

私は
二学期になって
親友ができた
ナックンは
言えばわかってくれる人だ
いつもナックンは　ふざける

ふざける理由がわかった
それはクラスの人気者になりたいからだ

でもナックン
そんなことをしなくても
きみは十分　人気者だよ

◆この詩を受け取ったナックン、もうかくれたりはしません。黙って詩集ノートを差し出しました。

かじわらちかちゃん

四年　小田原　夏輝

ちかちゃんは
すごく
いいことを言う
　ちかちゃんと
　ともだちになったのは

1年生のころだ
ちかちゃんにいろいろ
そうだんする
すると　ちかちゃんはこう言ってくれた
「ごめんで許してくれないなら、ともだちじゃねぇ」
ぼくはちかちゃんのことを
かっこいいと思った

◆もちろんこの詩の間には、何週間分もの活動が入っています。活動と活動の間を詩でつないでいます。文字の良さは、ゆっくり味わえることです。このゆっくりがいいんです。

いつまでもぼくの友だち

六年　高原　怜

康太郎
きみは本当に
ぼくの親友だよ
この間

ふで箱がまいごになったとき
さいごまでいっしょに探してくれた

あの時
ぼくは　うれしかったんだ
実はあの時　ぼくは悲しかった
だって　ふで箱がどっかにいったんだよ
だけど　ふで箱が自分で歩くわけないよ
おかしいだろ

その時　康太郎は
「まちがったんなら、もうそろそろ見つかってもいいやろ」
心配してくれた
そうだよなぁ
かくされるってことは　あるよな
ぼくも心の中でチラッと　思ったんだ
ぼくの言えないこと
ズバリ言ってくれた
おかげでぼくは　楽になった

ふで箱は出てきた
五年生が　まちがえていた
康太郎　本当にありがとう
いつまでも　ぼくの友だちでいてね

◆昼休み、図書館で高原くんのふで箱がなくなりました。みんなで探しましたが、出てきません。微妙な空気が流れました。二日後、筆箱は出てきました。五年生が間違えて持って帰っていたのです。よかったなあ。高原くんにメッセージを送ることにしました。

怜が友だちでよかった

六年　村上　康太郎

ぼくも
うれしかったんだ
見つかってよかったよ

だって　しょぼんでいたろ

ぼくには　そう見えた
ぼくには　わかるんだ
だって　おれとおまえは友だちだろ
幼稚園の頃からいろんなことがあったろ
サッカーをしていて車にぶつけて逃げた
あと
ザリガニをつかまえに行った時
ぼくの足が土にはまった
引っぱって助けてくれたのは　おまえや
そして
まだある

おまえがとまりにきた時
台風やったろ
その時
ドアを開けたら風で
壁にあった絵がたおれた
怜の頭をちょくげきした
怜は泣いて　おれは笑った

これからも
おもしろいことといっぱいしような

◆二人は、アパートの隣同士に住み、兄弟のように育ちました。できごとを解決したい。でも、そういう気持ちにとらわれてはいけません。ぬくもりを伝え、絆を深める。トラブルをチャンスにしましょう。チャンスにできてよかったです!!

自分勝手

六年　三浦　優子

自分勝手に生きてきた
だれに頼れるっていうの?
そんなことできない
安全ピンで穴をあけた
いたかった
髪を染めた茶髪になった
厚底を買った
高さ10センチ

いろいろな色がまざっている
何が言いたいの?
それがわかってたらしないヨ
心の中のもやもや
言葉にできないイライラ
まってもまっても
とどかぬ思い

◆高学年になると子どもたちは、揺れ始める。荒れの真っ只中にいる、六年生の詩です。この学年は大変でした。優子さんの詩を読むと、子どもたちは夢中になって書きはじめました。まるで、なくしていた感情を取り戻すかのように。

あの人

六年　柏原　ジュン子

家族はどんなときでも
一緒にいるものだ
だけど

うちの家族はちがう
家の中にひとり
どこにいるのか
なにをしているのか
ぜんぜんわからない人がいる

やっぱり
わたしは
あの人のことを想う
心配というか
よくわかんないけど
とても不安な気がする
昔みたいに
一緒にご飯を食べたい

◆自分を投げ出すように表現してきた彼女。「あの人」というのはきっと……。重たい詩に私はどう応えようか、戸惑いました。

「なぜ」

六年　石川　昭二

ぼくは男だ
からだも大きくて
ふつうの人より力もある
でも夜中
ふっと考え込んでしまう
なぜぼくは
からだも大きくて力もあるのか
友だちは
本当は仲のいいふりをしているだけじゃないかと
考えれば考えるだけ
わからなくなって　悲しくなる
もう、ねよう
答えが見つかるまで
時間がかかりそうだ

◆彼は思春期の入り口に立っているようです。子どもはいつの頃から、こんなことを悩むのでしょうか。ぼくたちの前では笑顔を見せているのに。石川くん、じっくり、じっくり悩んでね。いつか答えが見つかりますように。

電話

五年　濱本　工

今日も電話
昨日も電話
きっと明日も電話
ぜんぶ苦情の電話

家では　どなられ
学校では　大暴れ
また電話
またまた電話
電話ばかりの一年間

五年になったら
電話がさみしい
でも
ぼくは　うれしい

◆ハマちゃんは自分の成長を電話で表現してきました。過去の自分を見つめることができたら、もうそれだけで成長しています。
ハマちゃん、たまにはぼくが電話しようか？

十二月

友だちとつながる時

子どもたちは、一年の中で何度も変化し、成長します。春はまだ幼かった子どもが、思春期の入り口へと足音を立ててかけていきます。そう、友だち探しの旅がはじまるのです。

ともだち

四年　財前　健太

ぼくは
友だちの家に行った
でも
友だちはいなかった
そのあとも
ともだちの家に行ってみたら
だれもいなかった

ぼくは
悲しかった
ぼくは
空にむかって
「ゲームするぞー」
と、さけんだ

◆すっきりしたかい、健太くん。健太くんは、おばあちゃん子でした。友だちの家を訪ねて歩き、さみしさを空に向けて叫ぶ。なんだか青春ドラマのワンシーンですね。

ほうかご

四年　徳弘　啓輔

ほうかご
山本くんの
家によります
家の中に入ったら

山本くんは
いろんなものを
せつめいしてくれます
おもちゃもくれます

おもしろすぎて
家から
出たくなくなります
でも
ぼくは
山本くんの家からかえります

きみはぼくの
大切な友だちだよ
つぶやきながら……

◆「帰りに家に寄って、少し遊んでおいでよ」、徳弘くんに頼みました。きみはぼくの大切な友だちだよ、こうささやかれたいな。山本くんは、徳弘くんから思われていることを知って変わりました。

なんでもない

五年　足立　七緒

わたしはなんとなく
「綾乃」とよぶ
なに?
綾乃が言う
えっ、なに言おうか
なんでもない
そう答えてみた
わたしがなんとなく言った言葉
それから
綾乃も言うようになった
まいにち
なんでもない
なんでもないは

わたしと綾乃の
あいさつです

◆実は、まわりは知らないんだけど、ふたりは秘密の言葉でつながっているのです。朝のさわやかなはじまり。子どもは、こうやって秘密を持ち、大人から離れていくのでしょうね。

自転車　げきとつ

五年　安部　満彦

ぼくはエブリワンへ行った
自転車で行った
ぼくがふつうにこいでいたら
友だちが
「とまれー」と言った
急ブレーキをかけたけど
止まらない

ぼくと友だちは激突した
前タイヤがパンクした
もっと遊びたいから帰った
坂を下りていると
グニャとタイヤがなってこけた
アスファルトの道は痛かった

友だちが笑った
「だれのせいでケガしたんか」
一学期プールに入れなかった
ぼくはうらんでいる

◆だれにもいえない秘密がある。ボクも自転車でころんだ。そのキズが残っていて、傷を見るたびに思い出す。あの時一緒に転んだ友だちを。安部くん、ボクときみは友だちだね。

女は度胸

六年　板井　麻菜

朝の詩のコーナー
ゆふちゃんが当番だ
そのとき
ゆふちゃんは
ピタッ
と、かたまった
「どうしようかな」
まよった
行っていいのか、悪いのか
わたしはハムレット
「どうしたの」
そばへ行った
ゆふちゃんは、こまった顔をした
動いてよかった

度胸あるな
わたしは自分を見直した

◆朝の会で詩を読む時でした。ゆふちゃんが困った。板井さんがこっちに視線を送る。私は自分が動きたくなるのをガマンした。すると……あの場面、いい場面だったなあ。

いよちゃん

六年　村岡　実紀

いよちゃんは
ズバッと言う
そして
いよちゃんは　ズバッと言ったまま
さっていく
わたしは思う
どうして　いよちゃんは
そんなにズバッと言えるのか

でも　そんな　いよちゃんが
うらやましい
わたしなんか
言いたくてもいえない
わたしは思う
世界にはいろんな人がいるんだな

◆詩をいよちゃんに見せました。そして「返事を書いて」、私の横にすわってもらいました。

わたしのひと言

六年　大野　伊世

クララちゃんが
たったひと言で泣いた
涙は流さなかったけど
たしかに泣いた
あんなことを言われたら

きずつくわ
笑顔は消えた
「いつもは、明るくてリーダーで
太陽みたいな人でも傷つくんかなあ……」
だれかが言った
「そういう人こそ傷つきやすいんで」
わたしは　つぶやいた
このひと言で　わたしは詩を書くことになった
だけど　本当は
わたしも　傷つきやすいのよ

◆どこかで「私を理解してほしい」。いよちゃんはクララちゃん（匿名）のできごとを通して、ささやいている気がします。彼女が自分の気持ちを表現できたのは、実紀ちゃんが詩で誘ってくれたおかげです。

◆学校でけんかがありました。迷った末に夜、説明に出かけました。外は小雨、ドラマのような演出です。

なみだ

五年　豊富　大地

よる八時　先生がやってきた
ああ……きっとトラブルの話だ
だけど　おどろいた
だって　ほめられたんだ
「去年より進歩しているよ」
こんなのはじめてだ
ほめられるなんて　シンジラレナイ
ぼくは先生を追いかけた
真っ暗だ
広い道路に出た
先生、ありがとうございました
先生が　ゆっくりと振り向いた

ちょっと間があって
やさしくぼくの肩をたたいた
ぼくは　そっとなみだをぬぐった

◆大地くんと彼のお母さんに見送られながら、歩いて帰っている時です。足音が聞こえます。振り返ると、彼が立っていました。そして、「ありがとうございました」、深々と頭を下げたのでした。大地くん、あの時、涙をそっとぬぐったのは、きみだけじゃなかったんだよ。

思いはみんな同じだから

五年　江藤　以織

明日は
明日の風が吹くから
ケンカしたら謝ればいい
それがダメなら手紙を出せばいいんだから
ケンカしたら二人とも
謝りたいと思っているから

思いはみんな同じだよ
明日もきっと
しあわせ
しあわせ

それがぼくの
ちいさな　ちいさな
アドバイス

◆次の日、この夜のできごとを話しました。以織くんは、大地くんに向けながら、本当は自分にささやいているのではないでしょうか。風は世界をめぐっている。そして、思いは子どもたちの心の中をめぐっている。子ども共通の世界をつくること、それがつながりをつくるということです。

一月

あなたも詩人、詩人になりきって書いてみよう

新しい年が始まりました。国語の教科書には、詩の学習が待っています。まとめとして、「あなたも詩人になろう」と呼びかけます。学習した詩と同じリズムや文末をまねることで独特の余韻を教えます。

ぼくと昼寝と塾と

五年　穴見　光

ぼくは帰ると昼寝をする
だけど　塾がある日は
昼寝なんて　するひまがない
昼寝のほうが好き
だけど
昼寝は塾のように
いろんなことは学べない

だからといって塾は
昼寝のように
からだは休められない
塾と昼寝とそれからぼく
みんなちがって　みんないい

◆「みんなちがって、みんないい」——金子みすゞさんの詩を学習しました。この言葉を使い、替え歌調にして生活を重ねようと声をかけました。

ふしぎな人

四年　西田　結依

クラスにはいろんな人がいた
ふしぎな小田原さん
ライバルのむっちゃんと加藤さん
マンガのうまい
ともちゃん
おもしろい房前さん

すぐおこる房崎さん

この一年であらためて思った
これが本当の
みんなちがって
みんないいだと

◆「さあ、あなたも詩人になって書いてみよう」、おおげさに言いました。子どもたちは、見ていないようで見ているものです。だけど、こんなにうまくまとめてくるとはね。

こころ

五年　鶴田　紗也

自転車は
乗り物で大きいけれど
自転車のこころは小さい

だって自転車は　わたしだけにいいました

もっとこいでほしいよって

わたしは子どもで
小さいけれど
小さいわたしのこころは大きい

だって小さいわたしは
大きな自転車をこぎながら
いろんなことを思うから

「さて、今日はどんなおかしを買おうかな」

◆「どこに詩集があるの？」鶴田さんに聞かれました。「図書館に入って左側の棚にある。すぐにわかるよ」、探しに行きました。そして、お気に入りの詩を書き替えてきました。もう、ただの替え詩ではありません。

◆どんどん言葉を上手に操る子どもが登場します。「ホロッとくるか、笑える詩をつくれよ」難題をふっかけます。

お父さんのかみなり

五年　徳衛　慧也

お父さんは　かみなり博士
電気について　くわしい
でも
自分も雷を落とす
「勉強せんか」
50ボルトだ
まだ　ひるまない
「早くせんかー」
光った
一気に　５００ボルトになった
ビリビリビリ
ああ……しびれた

ぼくは　やっと宿題をはじめた
それからというもの
父さんの　かみなりには　まいる
おかげでうちは
オール電化だ

◆まるで、父さんが発電するのを、楽しんでいるようだね。こんなにユーモアをもってお父さんのことを書ける、それってすばらしいことだよ。ところで彼の家、本当にオール電化です。なぜって、お父さんは電力会社に勤めているのです。……ぼくと彼にしかわからない落ちでした。

カップヌードル

六年　曽我　一生

わたしは
どこにも　歩いていけないから
どんどん　どんどん
日本や世界で食べられる
食事になった
そして　ついに宇宙で食べられる
カップヌードルが　発明された

◆何を書いたらいいのか、わからない。子どもたちがぼやきます。きみの好きな物ってなあに。それになりきって書いてごらん。詩人になるってことは、なりきることです。でも、まさかカップヌードルとはね。

カーペット

六年　野上　みずき

わたしたちが
出かけているあいだ
カーペットが静かに
息をひきとった
「あーさみい、さみい」
「カーペットつけて」
カチッ　つかん！
カチカチッ、つかんつかん
ほんとうに
しずかに息をひきとった

◆こんどは、カーペットに目をつけました。ありのまま、思ったままを表現すること。構える必要はありません。

次の詩は「あいたくて」（工藤直子）を使って書くことが条件です。でも、架空の詩を書くのではありません。テーマを与えます。

あいたくて

六年　霜山　晃一

木村くんとテニスをするために　あいたくて
大久保くんとテニスをするために　あいたくて
生まれてきた
そんな気が　するのだけれど
木村くんは　なぜ来ないのか　来たくないのか
来るのは　いつなのか
おつかいの途中で
迷ってしまった子どもみたい
とほうに　くれている

それでも　木村くんは
来てくれると　信じているから
早く来てくれ
だから

あいたくて

◆木村くんはちょっと気が弱くて、学校を休みがちでした。でも霜山くんは、木村くんと放課後、校庭でテニスをしていました。三日後、木村くんが返事を書いてきました。

おしいれ

六年　木村　奨

ぼくはさがす
なんとしてもさがす

おしいれがあった
そこに入った
そこは暑かった
汗がでた
汗は涙にかわった

きっと
ぼくはいつか強くなる

◆「ぼくは、ぼくで戦ってるんだ」木村くんは、霜山くんに応えているようでした。ふたりのやり取りをみんなの前で読みました。すると、ふたりと一緒にテニスをしている大久保くんが詩を持ってきました。

テニスクラブ

六年　大久保　達矢

週に二回
いつも
テニスクラブがある
人数が少ないときは
三人しか来ない
だけど
霜山くんは
いつもやるという
人数が少ないときは
やるきがでない

だけど
霜山くんは
来ているみんなに
しんけんに教えてくれる

ぼくは
霜山くんがしんけんに教えてくれる
顔が好きだ

◆好きだ……大久保くんの言葉にジーンときました。正面からは、ちょっと照れくさい。詩は、そんな思いを届けてくれます。

風になりたい

五年　尾上　太

風になりたいなあ
もしも風にぼくがなれたら

まず
あの雲さんと散歩したいなあ
雲に乗って
大阪城を見てみたい

風になりたい
ぼくの体重は
もうすぐ
百キロになる

◆いいじゃないか、何キロでも。尾上くんは、怒ると柔道の技で投げ飛ばします。その時、心の中でなんて叫んでいたのか？　思いは、さまよえる雲だったのですね。

夜中

六年　小野　翔平

ぼくは　待っている
ぼくは夜中を待っている

昼は弟のことで
頭もからだも痛い
だから
夜中が一番しあわせだ
夜中
それは静か
夜中
それは自由な時
暗闇は平気だ
天井を見ながら考える
ぼくと弟の生きる道

◆小野くんは、この詩を書く半年前にお母さんを亡くしました。お父さんが仕事から帰るまで、弟と帰りを待っているのです。小野くん、泣きたい気持ちをよく言葉にしたね。ぼくも一緒にきみの生きる道を考えるよ。

二月

自分を見つめ、淋しさをぬくもりに

二月といえば節分です。季節に応じたテーマで書くのは、いつものことです。でも、そんな時「あなたの心の中を言葉にしてね」と添えます。

豆まき

四年　佐保　琴音

二月三日は　豆まきだ
私は豆まきを
いとことした
オニは
いとこの　お父さんと　おじいちゃん
私は　めいっぱい当てた
するとオニは
「ギャー」

と、言って外へ逃げた
私は　福がうちに来た　と思った
その瞬間
私はこけた
こけた私は泣いた

私はこけて　みんなに笑われた
私も　一緒に笑った
そして、
みんなで　豆を年の数だけ食べた

◆豆まきの日、日記の題をだしました。日記にときどきお題を出します。この方が書きやすいようです。もうひとつ、おもしろい詩がありました。

豆まき

四年　平野　菜奈恵

きのう　豆まきをした
お父さんがオニになった
わたしのうちでは
毎年このとき
必ずある事件が起こる

それは……ケンカ
毎年
私のお父さんと弟がケンカをする
弟はしんけんに豆を投げ
調子に乗る
それをお父さんがおこる
そして
弟ははんこうし

けんかがはじまる
私とお兄ちゃんとお母さんは
声をそろえて
「今年もはじまったな」
と、言った

◆にぎやかで愉快な家庭。家族の行事を大切にしているんだね。家族の笑い声を聞いているると、思い出してしまいます。ボクが子どもだった時のことを。

さくをこえた

四年　橋本　一輝

ぼくは　さくをこえた
先生は　その先にいた
ぼくは　びっくりした
先生に　呼び止められた
ぼくの気持ちは　しずんだ

◆この詩は、たまたま私が帰り道、子どもの家へ寄ろうと通りかかったところで、ばったり出会った瞬間です。気にしないで、こういうこともあります。

空き缶

四年　玉田　凌也

空き缶は　捨てれば　ただのごみ
持ってくれば　お金になる
お金になれば
ボールや　黒板消しを　もらえる
そして
車イスを　寄付することもできる
捨てればごみ
持ってくればお金
捨てればごみ
持ってくれば　人を助けられる
少しでもいいから
空き缶を　持ってきてくれ

できれば
ゆすいで　持ってきてくれ

◆玉田くんは、元気いっぱいの人です。こんな人には、エネルギーを出すポジションを与えます。きみは空き缶係りだよ、と声をかけました。人は、役割を与えられてこそ力を発揮します。

ライオンクラブ

四年　二宮　蓮

ある日
ぼくはケンカした
そして
先生と話した
「二宮をとめるクラブをつくろう」
先生が言った
ぼくは賛成した

それがライオンクラブ
いつも励ましてくれた

何日かすると
心の中に
けんかをとめる
たまごが生まれた
そして
たまごはヒナになり
もう大人になった

今の記録は十四日
そのうち
白いひげをはやしたおじいさんになるだろう

とうとう明日は新記録
達成の日

◆よく暴力をふるう子は、言葉が出なくて手が出ます。暴力をふるうたび、未来は去っ

ていくのです。二宮くんにも言葉が必要でした。新記録の誕生を詩で祝い、彼の歴史に刻むのです。

空っぽの家

六年　竹中　彩

毎年三連休になると
おじいちゃんの家に行った

おじいちゃんと
野イチゴをとった畑
はじめて登った木
木登りを教えてくれた
おじいちゃん

足の悪いおばあちゃんと
散歩した小道
おかあさんの部屋

何もかわっていない
けれど
「おかえり」
と、言ってくれる
おばあちゃんはいない
「よくきたね」
と、言ってくれる
おじいちゃんはいない

「おじいちゃん家に行こうか」
と、言っていた母は
もう
その言葉を言わなくなった

◆どんなに泣いても、過去は戻らない。だけど、胸に秘めた思いが言葉となって、虹のように消えたストーリーをよみがえらせる。竹中さん、新しい物語をつくってください。

やけど

六年　首藤　雄一郎

ぼくは
やけどをした
ふっとうした油が
手に　かかった
お母さんが
病院に　連れて行ってくれた

ぼくは　思った
原爆の被害にあった人は
あつかっただろうな
いつのまにか
病院に　ついていた

お母さんに

にらまれた

◆同じ時代を生きながら、さまざまな生き方をする子どもたち。一方で、ちがう時代に生きた人を一つの体験から見つめた首藤くん。きみはこの時、どうして原爆のことを思いだしたんだろう。ヒロシマ、ナガサキ……世界が平和でありますように。

もう淋しくなんかない

六年　中田　美里

わたしはひとり
夜ひとり
淋しくないよ
テレビがあるもん
ひとりの方が自由だもん

でも
熱の出た夜は恐い
わたしはひとり

淋しくて　苦しくて　電話した夜

だけど
今は電話しない
「慣れたから?」
ううん、ちがう　大人になったから

◇どうして、あなたは暗闇を受け入れることができたの?　今の生活を本当に受け入れているの?　問いかけてもしょうがないのに、ときどき私は思います。

わたしのネコ

六年　和田　安代

わたしのネコは
いつもゴロゴロ

目を覚ますと
ニャーニャーいって

足にくっつく
わたしはエサをあげた
おいしそうにエサを食べる
そして　また寝る

また起きて
エサをほしがる
エサをあげた
繰り返していたら太った
わたしもひとりぼっち
ネコもひとりぼっち
二人で夜をすごそうね

◆少女は、ネコを見つめている。そして、ネコは少女を見つめている。誰もが悲しみの部屋を持ち、淋しさを閉じ込めている。いつかその部屋は、優しさに変わると思う。

おかあさん

六年　鉢宮　千代

おかあさんは
夕方仕事からかえってくる
それから、また
夜の仕事をする
「お母さんって、アリのようね」
わたしは言った
「キリギリスになりたいわ」
お母さんが笑った

◆現実を笑い飛ばして生きるお母さんの声。気遣う娘。人の幸せは、お金だけじゃない、そんな気にさせてくれます。いまも、この親子は元気でしょうか。

星空

六年　白川　ひかる

ずっと見ていたい
いつまでも
見ていたいな
この大空いっぱいに
ちらばっている星
ああ……
手が届きそうだ

だけど
この世界はなんだろう
家と空が一体となって
きれいにひかる電球みたい
友だちがほほえんでいる

この時間が止まればいいな
ひとりでいるときは
気づかなかった
この星空

◆白川さんたち三人を連れて、牧場へ行きました。帰り道、山から見た街の灯り。灯りを見つめながら、白川さんは語り始めた。すると吉田くんが「オレは、あいつがかわいくてしょうがねえ」つぶやきました。

おむかえ

六年　吉田　隆

むかえに行く
自転車とばして
妹をむかえに行く

だっこ……
でもしたくない

とんとんとん
ねかしつける
ねむらないときは
ビデオを見せて
ねたらぼくは
…………
……自由の身

◆「それでしょっちゅう約束を破ったんやな」坂本がボソッと横を向きました。そして「言えばいいのに……」とささやくと、「言えんやろ」と、吉田はつぶやいて星空を見ました。

ぼくらは進む

六年　坂本　真司

ぼくらは進む
わくわくしながら
ぼくらは進む
地震の話をしながら
ぼくらは登る
先生が事故らないか
心配しながら
ぼくらは進む
きれいな夜景のハイウエーを
ぼくらは知った

知らなかった人の裏側を
知っていることは
ほんの少しだったこと
大変なのは
ぼくだけではなさそうだ

それでも
ぼくらは進み続ける
ひとまわり
ふたまわり
強い人間になるために

◆泣きたい時は泣こう。語りたい時は、語り合おう。そして、せつない思いは詩にしよう。詩は輝く星になり、いつか思いは夢に変わる。子どもと一緒に詩を書いてみませんか。

三月

小さな詩集をつくろう

三月になりました。一年を振り返り、詩集をつくり締めくくります。一人がひとつ、詩を載せます。自分の詩を新たに書くか、一年間書いた詩の中から選ぶか、それは自由です。詩集の裏表紙には、その子の写真を貼ります。友だちに囲まれた写真です。ここからは、コメントを入れません。小さな詩集を味わってください。

春夏秋冬

四年　本杉　晃

春
ぼくは
ゆらゆらひとり

夏
みんなに　みられ

秋
いなだくんと
ともだちになった

冬
ぼくは
どこんじょう　大根のように
がんばる

階段事故

五年　仲道　順也

とんだ　とんだ
空をとんだ
足をすべらせ
地面に落ちた

ヨイショ　ヨイショ
肩をくんだ
やさしい友だちの
背中にのった

ラッキー　ラッキー
車にのった
母さん　むかえにきてくれた

家に帰って　寝ていたら
先生やってきて　こう言った
だいじょうぶですか
はい　だいじょうぶです
先生は安心して帰っていった
ぼくも少し　ほっとした

ぎもん

五年　佐藤　未侑

わたしは　ぎもんに思っている
白くて小さい　米つぶが
いろんな　料理になることが

わたしは　ぎもんに思っている
うすっぺらの下敷きで
美しい字が　書けることが

わたしは　ぎもんに思っている
世界中の人々が
地球に　おさまっていることが

わたしは　ぎもんに思っている
どうしてわたしは　こんなにも

ぎもんを　かかえていることが

キャプテン

六年　一万田　翔

試合に負けたあの日
くやしかった
朝から夕方まで
練習があってきつかった
集まれ！　と言っても
だれも集まらない
オレはキャプテンなのに

遊びでバスケをしていたら
ぶつかってこけた
あの時は泣いた

ほめられたのは

シュートをいっぱい決めた時
これはいつものことさ
だって
オレは本当のキャプテンだから

先生の電話

五年　那須　美咲

この前　先生のうちに
女子四人で行った
先生の家の電話を借りて
電話した
「もしもし、遅くなるけん」
留守電に入れた

電話を置くと
「チーン！」
と鳴った

四人みんなが笑った
「どんだけ、むかしの電話なんだ」

しあわせと悲しみ

五年　梶谷　葉月

六年前　おじいちゃんが亡くなった
悲しみの涙にくれた
三年前　弟が生まれた
しあわせがひとつ　生まれた

悲しみがおそって
家族が暗い
けれど
しあわせが生まれて
家族が一変した
弟だ
明るくしてくれた　弟が

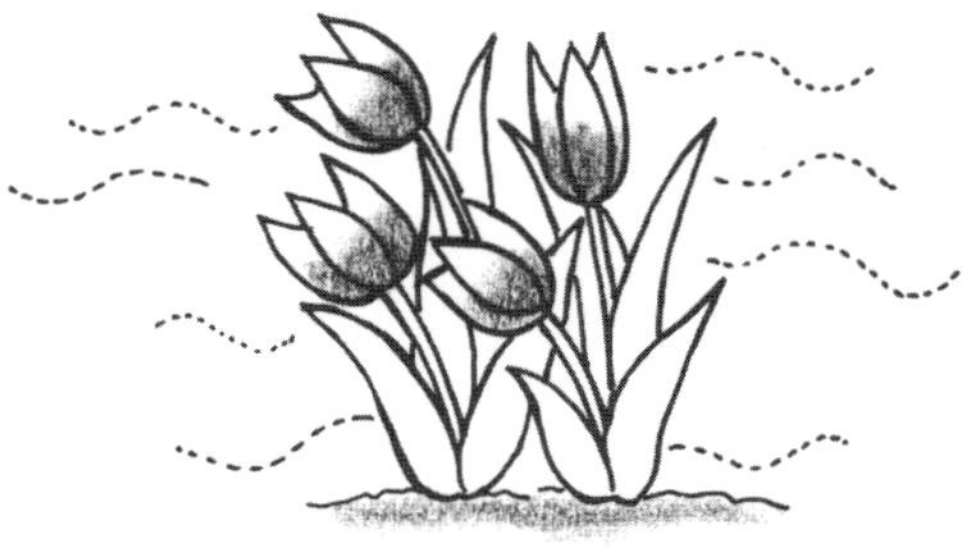

しあわせと悲しみ
ちがいがわかった私たち
ありがとう　弟よ
私は今　しあわせよ

芸能人

四年　後藤　暁里沙

わたしは将来
芸能人になりたい

けれど
父さんが
「東京に行かんとなれんよ」
と、いった
わたしは
東京へ行きたい

家族のみんな
さびしくなるけど
ゴメンナサイ

あにき

六年　石本　和也

おいらの兄ちゃんが
熱を出した
おいらは
バカは風邪をひかんのに
めずらしいこともあるなあ…
と、バカにした
それから一週間たった
おいらが熱を出した
おいらがバカだった
やっぱり
おいらたちは兄弟だ

双子

六年　板井　亮佑

シャツが二枚
ズボンが二枚
タオルが二枚
くつ下が二枚
パンツも二枚
セーターが二枚
ユニフォームも二着

サイズも一緒
髪型も一緒
体重もおなじ

なにがちがう?
性格がちがう

父

六年　林　赤人

自分のやりたい仕事を
やりたいという父
仕事を見つけるために
勉強する父
本当の職業を決めるために
励む父
今までは
仮の人生なんだろう
本当の幸せは　これからだ
がんばってほしい

ゴジラと母さん

五年　江藤　晃平

母さんがウソをついても
父さんがウソをついても
ゴジラはウソをつかない
だって、ゴジラはしゃべれないから

母さんが働いても
父さんが働いても
ゴジラはどこへも出て行かない
だって、ゴジラは動けないから

母さんがだいてくれても
父さんがだいてくれても
ゴジラはだっこしてくれない
だって、ゴジラには心がないから

ゴジラと母さんどっちがいいかって
もちろん母さん
やっぱり一番親がいい

中学校

六年　宮崎　靖大

町を歩いても
土手を歩いても
小学校とはちがう道

中学校へ
早く行きたい
　春の空

〔解説〕

子どもたちに詩を書かせてみませんか

子どもたちは詩を書くことが好きです。でも、はじめから好きというわけではありません。書くことをどう教えたのか。そこには四つのステップがありました。

ステップ1 はじまりは、替え詩

子どもたちは言葉遊びが好きです。国語の教科書をひらくと、とびらに詩が載っています。そこからスタートします。さて、どんなスタートを切るのでしょうか。

ア、**ひたすら読む**＝大切なことは音読です。声を出して読むことこそ学習の基本です。詩を書く、そのためには声を出して繰り返し読むことです。この詩集も子どもの前で声を出して読んでほしいと思います。声を出して読み、リズムをおぼえます。

イ、**詩を写す**＝読んだ詩をノートに視写します。改行や余白をまねるため「その通りにコピーしてね」と、言います。ここは作者の弟子になった気分で、文字の並べ方をまねます。すべては写すことから、はじまります。

ウ、**次は読み取りです**＝目的は書くことにおいているので、読み取りの学習は、ポイントを絞り、短い時間で行います。読み取る時も何度も音読し、リズムを味わうことに重きをおきます。

エ、もとの詩を替え歌調に替え詩する＝替え歌調に替え詩する、イメージが浮かぶでしょうか。たとえばこういう調子です。

イナゴ

まど　みちお

はっぱにとまった
イナゴの目に
一てん
もえている夕やけ

でも　イナゴは
ぼくしか見ていないのだ
エンジンをかけたまま
いつでもにげられるしせいで…

ああ　強い生きものと

よわい生きもののあいだを
川のように流れる
イネのにおい!

この詩を音読したあとに、「ここの部分は残して、あとのところに言葉を入れよう」と、クイズ番組風に課題を出します。すると、こんな作品ができました。

やき肉

六年　斉藤　晃樹

せきにすわった
ぼくの目に
一てん
もえている肉
でも　かあちゃんは
ぼくしか見ていないのだ
はしをもって

いつでも肉をとれるしせいで…
ああ　母ちゃんと
ぼくのあいだを
川のようにながれる
肉のにおい

もとの詩と比べてみてください。わたしが、どんな条件を出したのか、きっとわかるでしょう。

ステップ2　気楽に書かせよう

子どもは、書くことが好きではありません。それはどうしてか？　こう書かなくてはいけないと、子どもなりに意識しているからです。とらわれているのです。二つ目は、この気持ちから解放することです。では、どうやって自由にするのでしょうか。

ア、できた人の詩を読み、おおげさにほめる

詩ができると、子どもたちは持ってきます。すると、私は声に出して読み上げます。そして「うまいなあ」「素直に書けている、いいなあ」と、おおげさにほめます。

イ、順接で聞く

これでいいのかな、途中まで書いたけれど、迷っている子がたくさんいます。そば

に行って寄り添います。そして、

■それから何をしたの

■なるほど、そのあとは？

■へえ、そうなんだ。で、どうしたの？

■その時、心の中でなんてつぶやいていたの？

■それを書いたらいいいよ

こんな調子で聞き続けます。基本は順接です。こうすると子どもたちは、「あったとおり、思ったとおりに書けばいいんだ」と、安心して書きはじめます。たとえば、次の詩はこうやって出来上がりました。

遅刻

七時半に目がさめました

ここまで書いて、彼のエンピツは止まっていました。そうです。遅刻したのです。もう、その時に怒られています。「こんなこと、書いていいのかな」、彼は思ったようです。ぼくは、「いいなあ、きみにしか書けないよ」心から言いました。そして、聞きました。

「そのあと、何時に家を出たんか」

——八時七分に家を出ました

彼が書きました。
「こまかいなあ、よくおぼえちょんなあ……それで?」
――ワシントンホテルの前を走ります
「なるほどなあ。それから?」
――歩道橋をわたります
「順に来たんやな。ずっと走ったんか」
――チャイムが鳴りました
――ぼくは　走るのをやめました
――ゆっくりと歩道橋をわたりました
――校庭をななめに横切ります
「それで、それで、どうなったん?」
――ドアを開けると
――そこには　先生が立っていました
「ああ、そうやったなあ。きみにしか書けない詩でー」
と、こんな具合に対話しながら書いていきます。イメージが伝わったでしょうか。

ステップ3　対話をもとに生活を表現する

気楽に書けばいい、ここまではそうでした。でも、目的があります。その目的とは何か。生活を表現することです。ふだんは見えない生活背景や心の動きを加えてもらいます。房崎くんの詩を読んでください。

お別れ会

四年　房崎　貴大

六月のことだった
それは　お別れ会
ぼくは　なみだを　ながした
わかっていたけれど
なみだを　ながした
ぼくの　なみだは　三十分つづいた

ここで終わっていました。房崎くんは、遊びのリーダーです。元気者です。その彼が、実習に来た野々下先生のお別れ会で泣き崩れました。ぼくは、さいごに「心の中を表現してよ」と言いました。すると彼は、

――「いかないで、野々下先生!」

と、付け加えました。房崎くんって、熱いものを胸の中に持っているんだ、読んだ子どもたちの感想です。詩を読み取ることを通して、子どもたちは人を理解します。

しかし、房崎くんも四年生です。心の叫びを書くのは、照れくさいでしょう。それをあえて出してもらうことで、よそよそしい関係が家族的な関係に変わると思ったのです。元気者の房崎くんに声をかけたウラには、こんなわけがあったのです。もうひとつ、家での生活を書いてもらった場面です。

泣かないメダカ

五年　**徳衛　慧也**

メダカを育てる
もうすぐ生まれるのかな
ドキドキしながら　待っている

メダカを育てる
あっ、生まれた
新しい命の誕生　はじめましてメダカさん

ここまで書いて徳衛くんは、「できました」と原稿用紙を持ってきました。さてこの場面、どう聞き込みますか。知りたいのは、生活背景や生い立ちです。子どもを理解するために聞き込み、書いてもらいます。私は、こう聞き込みました。

「きみが生まれた時、どうだったの？」

「ぼくは泣いたよ」

徳衛くんが答えます。

「たしか弟がいるよなあ。弟は？」

「弟も泣いた」

「自分たちと比べて、メダカが生まれた時、どう思ったの？」

さて、彼が「はじめましてメダカさん」のあとに書き加えたことをまとめると、こうなりました。

メダカを育てる
生まれたとたん　どうしてメダカは泣かないの
ぼくは泣いたんだ
弟も泣いた
メダカは　どうして泣かないの
メダカの世界には　言葉はないのかな

生活がわかるように聞き込みます。彼は、五人兄弟だと知っていたので「弟は？」と聞きました。この子は、「確かこういう家庭だったな」とか、「こんな特徴があったな」と、ふだんの会話で把握しましょう。こうやって、「自分」を位置づけると彼にしか書けない詩が生まれます。対話が書くことを支えています。

ステップ4　書くことはコミュニケーション

詩を書かせていくと、クラスの雰囲気があたたかくなります。詩を読むことで、お互いの生活を交流し理解しているからだと思います。おとなしい子も、言葉が出なくて暴力をふるう子も、そして思春期の入り口に立ち、斜めに構えている子も、詩を書かせてみると意外なことを表現します。

話し言葉とは、一味ちがうコミュニケーション。それが詩を書くことの良さです。そこで、子どもが書いた詩に返事を送ります。本文の中にもそのやり取りをいくつか載せています。その仕方は次の通りです。

ア、書くことで自分と出会う

詩を書くために、自分を見つめなくてはいけません。しかし、自分を見つめるということは簡単なことではありません。安心して自分を出せるムード、受け入れるムードをつくることが必要です。

さて、過去の自分と今の自分を比べると、「あれオレ、なんだか変わったな」と、発見したとします。すると「どうして変わったんだ」と、思いが巡り自分を見つめます。そこで、新しい自分と出会うのです。詩はその感動を言葉で表現しています。

イ、詩に返事を書こう

詩は、感動の記録。歴史的な出来事を自分の言葉で記録したものです。私は、この感動を共有したいと思います。他の子どもたちに広げたいと、いつも思います。たとえば、本文で載せた「スイカ」の詩（49～50頁）、この詩を黒板に書きました。もちろん本人の了解をもらってです。こうやって読み取り「どうして、ここまで喜ぶのだろう」と、問題を出します。こうやって読み取り「みんなから、返事を送ろう」と、誘いかけることで、感動を共有し相手を理解しようとします。

ウ、授業の時間を使って書かせよう

では、いつ取り組むのか。よく聞かれます。国語の授業と同じように取り組むので授業の時間が中心です。イベントのあとや体験学習のあとに作文を書いたりしませんか。それと同じように取り組みます。

「スイカ」の詩に返事を書く時もそうです。「一学期を振り返ってみよう」と、呼びかけて全員で詩を書きました。その時できたのが「スイカ」の詩です。この詩を全体の前で読み、返事を求めました。目的はコダック（児玉くん）の返事です。「コダック、ちょっと来てくれよ」と、一斉に書いている時に声をかけます。そして、「きみの返事を届けたいよ」と、ささやきます。

書くことは、コミュニケーションです。詩に返事を書こうと呼びかけた時、子どもたちはお互いに相手を見ながら、実は自分のことを語るのです。言葉は、世界をうつす鏡なのです。

あとがき

いつも私は、三月に子どもたちと学級文集をつくりました。それが喜びのひとつでありまとめでした。けれど、いつの頃からか、子どもたちが乗ってこなくなりました。作文を書くことを面倒だと言うのです。残念でしたが、「そうかもしれない」と、私の子どもの頃を思い出しました。

そんな時、一人の少年が机に何か書いていました。授業中なのに。

「なにしてるんか！」

注意しようと近づくと、詩になっているではありませんか。尋ねると、

「歌の歌詞や」

と、答えました。

「すごいなあ、才能あるんじゃないの」

小さなノートをわたしました。すると、詩を書きはじめたのです。彼が書いた詩を読み上げると、

「ぼくも書きたい」

子どもたちが言いました。

それからです。学年の終りに詩集をつくるようになりました。子どもたちは詩の名

人です。小さな詩集を竹内常一先生（國學院大学名誉教授）に見せると、

「だれもが淋しさの小部屋を持っているんだよ」

と、興味深いことを言われました。私はもっと詩に取り組むことにしました。

すると、不思議なことがおこりました。わたしの心が落ち着くのです。

（どうしてだろう？）

それは、子どもの考えていること、感じていることが伝わってくるからでした。

私たちは、いつも時間に追われ、あわただしく過ごしています。子どもが帰り、だれもいなくなった教室。ひとり残る私は詩を見つめる。やっと私は自分を取り戻し、静かに対話をはじめるのでした。子どもたちに詩を書かせてみませんか。きっとおだやかな時がすごせますよ。


最後になりましたが、出版にあたってはげましてくださった高文研の金子さとみさん、私の実践にいつもアドバイスを下さる全国生活指導研究協議会のみなさん、國學院大學名誉教授の竹内常一先生、本当にありがとうございました。

そして、私と出会い、ともに詩を書いてきた子どものみなさん、この詩集は、あなたたちとすごした言葉のアルバムです。ありがとう。

二〇一一年一月

溝部　清彦

溝部清彦（みぞべ・きよひこ）
大分大学卒業後、小学校の教師になる。学級づくりや授業づくりに燃える一方、子育て講演会を企画し、西田敏行さん、アグネス・チャンさんらを招く。現在、全国生活指導研究協議会指名全国委員。著書に『子どもをハッとさせる教師の言葉』『少年グッチと花マル先生』（高文研）『がちゃがちゃクラスをガラーッと変える』（共著・高文研）『集団づくりをゆるやかに、しなやかに』（共著・明治図書）『シリーズ・学級崩壊・低学年』（共著・フォーラムA）『学びと自治の最前線』（共著・大月書店）

子どもと読みたい子どもたちの詩

●2011年３月15日――――――――――第１刷発行

編　者／溝部　清彦
発行所／株式会社 高文研
東京都千代田区猿楽町2-1-8 〒101-0064
TEL 03-3295-3415　振替00160-6-18956
http://www.koubunken.co.jp
組版／Web D（ウェブ・ディー）
印刷・製本／三省堂印刷株式会社

★乱丁・落丁本は送料当社負担でお取り替えします。

ISBN978-4-87498-455-0　C0037